KB003299

물 위의 현

물 위의 현

신남영 시집

문학들

시가 언어로 존재의 집을
짓는 것이라면
내 언어는 아직 누추할 뿐
그럼에도 불구하고
언젠가는 소리의 강을 건너
미롱媚弄의 꽃을 피워 올릴 수 있다면
또 한 세상
적공積功의 시간들을
달갑게 견뎌 내야 하지 않겠는가

2015년 가을
신남영

차례

제2부

제3부

제4부

제1부

접속

지상엔 벚꽃이 피었던가
새잎들이 돋아나기 시작하는 봄밤
정거장 알스트로메리아*에서
우린 처음 스쳐 지나갔지

안드로메다 광장에 불꽃은 터지고
은하의 별들은 춤을 추었지
지금은 네가 가장 높이 밝아지는
눈꽃의 계절

찰나의 만남에도
생멸의 우주가 있다

새로움은 익숙함의 건너편
별들이 태어나고 사라지듯이
우린 그렇게 생을 항해한다

난 이제 네 궤도에 진입할 것이다

중심을 향해
천천히, 격렬하게

* 알스트로메리아 : '새로운 만남'이라는 뜻의 꽃말.

우리 폐친閉親할까요?

베토벤을 쉬게 하고 모차르트를 불러낸다 검은 구름 너머 폭풍, 레퀴엠이 몰려올 때 인터넷을 열고 페이스북을 클릭한다 친구의 게시판, 담벼락이 보인다 댓글을 대충 훑고 다른 친구의 담벼락으로 간다 프로필 사진을 보고 '좋아요'를 눌러 흔적을 남긴다 떠도는 별들처럼 그도 언젠가 '좋아요'를 눌렀기에, 오늘도 맥락 없는 댓글들이 수시로 달린다 누구나 정치적일 수 있지만 단 정치적 발언은 주의할 것, 오래전 베토벤은 악보를 찢 었고 '영웅'은 영웅에게 헌정되지 않았다 담벼락을 서 성이다 친구의 친구에게 친구 신청을 한다 모르는 그녀 가 바로 수락해 준다 우린 그렇게 페이스북 친구가 되 었지만 안부를 나눈 적은 없다 이웃집 주인이 뭘 하는 지도 모르니 친구는 친구다 그녀의 수다를 잠시 읽는다 친구끊기 메뉴, 내가 그녀를 끊을 수도 있고 그녀가 나 를 끊을 수도 있는 세계, 궤도를 떠나지 못하는 별들이 떠돌고 있다 단 한 번의 만남, 베토벤은 모차르트 앞에 서 즉흥곡을 연주하고 떠났다 이탈한 별들만이 새로운 궤도를 만든다 우리, 폐친閉親할까요?

저녁의 심장

한 모란앵무가 운다
다른 모란앵무는 노래한다

허공의 불협화음

모란앵무는 우리가 생각하는 모란앵무가 아니다, 향
기 없는

운다는 것은
노래하는 심장을 향해 메시지를 보내는 일
수신되기 전에 흩어지는 목소리가 있다

불협화음마저 사라진 허공

한 모란앵무가 시들어 간다
깃을 접은 꽃잎

저물어 가는
저녁의 심장

카모마일은 어떠세요

시차를 두고 피던 꽃들은 잠잠
지는 꽃은 피는 잎을 만날 수 없다

아직 떠나지 못한 꽃들
나무는 또 한 겹의 시간을 두르고

창 너머 구름이 붉어지는 오후
그녀는 카모마일 차를 권한다

벌써 새잎을 열고 있는 나무는
푸른 손을 들어 햇빛에 수련하는 중

햇빛 좋은 날에 카모마일 차 한 잔
미열을 다스린다는 진정의 효과, 진정
지금은 견고한 속잎이 돋아나는 시간

저마다 꽃을 여는 순간이 다르듯
너는 한 절기의 끝에 피어나고

나는 환절의 첫날에 시들 것이다

검은 그늘 아래
흰 꽃잎을 기다리는 사람이 있다

나무가 나무에게

한 나무가 먼저 꽃을 피웠네, 다른 나무는
그 나무가 꽃 피우는 모습을 보았네

먼저 꽃을 피운 나무가 말했네
지금은 내가 꽃을 피울 시간이야
너도 기다려야 할 꽃이 있지

늦게 핀 나무가 말했네
넌 늘 먼저 꽃을 피워 내는구나
한곳에서 다르게 피어나는 우린
꽃으로는 만날 수 없는 사이
잎들이 다 푸르러진 후에야
사람들은 우리를 같은 나무라고 하지
이젠 내가 꽃을 피울 시간이야
넌 새잎을 보낼 준비를 하고 있지만
난 아직 꽃을 다 피워 내지 못했어
우린 함께 꽃을 피울 수는 없을까
한 시절 서로 마주보며 그렇게

한 세상 건너갈 수는 없는 것일까

먼저 꽃을 피운 나무가 말했네
우린 저마다의 시간이 있을 뿐이야
넌 너만의 꽃을 피우고 와야지

한 계절에 서로 다르게 피어나는
두 그루의 생이 있네

제비꽃에 바람은 머물고

천 년 전에도 이 바람이었을까
향나무 향기 쌓여 가는 향교가 있는 언덕에
바람이 불고 있다
현유賢儒 위패들의 아득한 시간이
회오리치는 여긴
당신이 늘 찾던 곳
당신은 또 어쩌면 패망한 나라
옛 가야의 후손인지도 모른다
그래서 당신은 순장한 왕릉이며
그 무덤을 뚫고 나온 제비꽃이다
낡은 소나무 가지는 고대의 문자처럼
하늘에 추상의 붓질을 휘지하고
거대한 은행나무 잎새들은 해독할 수 없는
경전들을 전하느라 아우성이다
나는 유폐된 죄인처럼
귀를 막는다, 귀를 열면
내가 없어질 것 같기에
없는 당신의 흔적을 따라

산등성이에 구름처럼 떠 있는
옛 무덤으로 달려간다
제비꽃에 바람은 머물고
이제 남은 일은 그 곁에 앉아
닿을 수 없는 당신의
머릿결이나 쓰다듬는 일밖에

매화음梅花吟

비 오는 봄밤
장성 오두막에서
매화차를 마신다
꽃잎을 우려낸 봄은
고요히 흘러가고

사라진 꽃을 찾아 뒤늦게
탐매행에 모인 사람들
꽃은 지고 없는데
봄비에 돋아난 새잎들 천지

옛사람도 이런 꽃 시절엔
거문고 둘러메고 길을 떠났겠지
필연의 조우에 반갑게 손을 내밀던
사람,
그는 전생의 지음인지도 모른다

창밖엔 산목련이 흰 불을 밝히고

둘러앉은 사람들 가슴엔
피어나는 물빛 매화마름

만개한 지난 시절을 추념하듯
시를 짓는 여인은 시를 읽고

별과 별 사이

인터스텔라,* 별과 별 사이
너는 끊어진 메시지를 찾는 중이었지
모든 사랑은 화석이 되어 가는 것일까

우리가 함께한 시간은
휘어져 버린 빛처럼
광속으로 멀어져 가는데

인터스텔라, 죽음의 별
수천 길 파도 절벽이 우리를
갈라놓을 수 있을까

너를 시간의 저편에 놔두고
나는 지금 어디로 가는 것일까

우리가 다시 만날 수 있다면
저 암흑의 블랙홀 너머
새로운 약속의 땅에 이를 수 있을까

인터스텔라, 별과 별 사이

너는 지금 어디에 있는 거니

* 인터스텔라(interstellar) : 별들 사이에 위치한, 별들 사이에서 일어나는.

좋아요?

가끔 시차를 두고 확인하는 우리의 인사는
'좋아요'

우린 지금 어떤 사이일까, 규정하자면
소셜네트워크 친구?

네가 올린 게시물을 맛보며
나는 '좋아요' 단추를 누른다
좋은 것이 좋은 것이니까

네가 피워 낸 향기 없는 꽃에
단추를 또 누른다, '좋아요'
너와의 교접은 그런 교집합

가장 나쁜 놈은 가면을 쓴 얼굴
영혼 없는 찬사에
거짓말로 유린하는 것보단 낫지

난 어떤 시인의 시구를 훔쳐 보낸다
'네가 나의 애인이라면 너를 위해 시를 써 줄 텐데'*

네가 누구인지는 잘 모르지만
생은 어디라도 마음의 처소를 짓고
무중력의 공간을 홀로 가는 일이 아닐까

* 진은영 「시인의 사랑」 중에서.

붉은빛과 푸른빛 사이

두 번의 결혼식, 축의금 전달에
지옥철에 맡겼던 영혼을 되찾아
지상으로 겨우 빠져나온 길이었다

앉으나 서나 어딜 가든
저마다 손가락을 분주히 움직이며
휴대폰을 보는 사람들
그 속엔 다정한 세상이라도 있는 걸까

차창에 썼다가 지워 버린
보내지 못한 안부들
마지막 작별 인사는 남겨 두고
사라지는 붉은 노을을
조금 더 곁에 두고 싶을 뿐

떠나간 사랑을 추념하듯 나는
혜화역 2번 출구 마로니에 공원에서
새잎들을 눈으로 만지작거리며

일몰을 기다리는 중이었다

붉은빛과 푸른빛이
함께 타오르는 철쭉들을 보며
다음 생을 기다리는 중이었다

몽유 선유도夢遊 仙遊圖

살구꽃 속살 트는 강변. 바람에 물버들이 달뜬다. 가지 너머 파래지는 구름의 젖줄. 뿌리에 물이 오르면 곡우는 꽃의 자궁까지 스며든다. 비 젖은 거룻배에 도롱이 입은 베옷이 낚대를 드리운다. 미늘에 걸린 것은 꽃 그림자. 화주 마신 바위가 화끈거린다. 고들메기가 뛰고 솔개가 하늘에 오른다. 연록의 솔잎에 물빛은 앙탈.

꽃잠 끝, 먼 곳의 애기동백은 이제야 초경을 맞았다는.

제2부

물 위의 현弦

활을 메기듯 그는 소리를 얹는다
허공에 번지는 물결 무늬

살을 울리는 팽팽한 시울이
물의 몸을 깨운다

사막을 건너온 고행의 은자隱者
그의 손에 들린 페르시아의 세타르
그는 날마다 강물을 보며 현을 켰다

모래바람에 잠긴 노래
어느 날 세타르는 물 위에 뜨고
붉은 강물엔 소리의 무지개들
그의 뼈는 갠지즈의 시타르가 된다

소리로 신을 부르는
시타르 연주자는
물의 신전을 향해 무릎을 꿇는다

다만 세타르가 시타르가 되는
멍들어 온 그 시간만큼의 연주로

비단길

사막을 건너온 낙타의 방울 소리는
왕궁의 수면에 떨어진다
미명에 싸여 아득히
꽃잠을 자고 있는 누란

물이 모이는 타림의 분지
낙타는 걸을 수 있을 만큼 걸었다
캬라반의 터번 위엔
바람에 실려온 모래의 빛나는 누깔들
천산天山의 정수리에 묻힌 것은
오랜 빙하의 시간

타클라마칸도 옛적엔 호수였지
그 바닥이 드러나듯 삶의 불모지는
오늘 내 길에도 있어
굳은 살들, 꺾인 뼈마다 바람에 흔들려
초입에도 이르지 못한 마음이
꿈속의 길을 낸 것

경계의 분기점
마른 초원엔
눈꽃이 가득 피어난다

청장고원青藏高原

저 하늘 아래 만년설에 덮인 고원은
언제부터 오랜 푸름을 감춰 왔을까
하늘은 불립문자로 펼쳐지고
살을 저미는 바람은 갈 길을 잃은
내 안에도 소용돌이치며 유목의 길을 만든다
한때는 뜨거웠던 입술의 결속도
이제는 막막한 모래바람만 입안에 가득 씹힐 뿐
이제라도 길을 새로 꾸려 떠날 수 있다면
저 성지를 순례하는 수도자처럼
오체를 땅에 던지며 떠나리라
아무리 애써도 복병처럼 나타나는
한 시절의 호시절을 지울 수 없다면

얼음과 춤을

은반 위엔 거쉰의 피아노협주곡 F장조가 흐른다 음표가 된 그녀의 몸이 뒤로 서서히 미끄러지더니 순간 공중으로 솟구친다 회오리 같은 공중회전 착지의 성패를 가늠할 수 없는 극도의 긴장을 벗어난 순간 표정은 사랑처럼 충만해진다 그녀는 언제부터 비상하는 종달새를 넘어 바람에 유유히 활강하는 두루미가 되었을까 빙판 위엔 한 마리 새, 시퀀스는 플라잉 체인지 풋 콤비네이션을 지나 아라베스크 스파이럴 그녀는 한 다리로 지탱한 채 한 다리는 뒤로 높이고 양손을 펴서 얼음바다를 날아간다 그 날개의 굳은 살엔 수많은 눈물의 빙결들 스케이트화의 칼날을 견뎌 준 빙판의 무수히 패인 자국들 그 얼음의 차가운 심장도 뜨겁기에 어름사니가 줄을 놀듯 단단한 춤을 저리도 능란하게 펼칠 수 있는 것 마지막 스핀의 소용돌이를 끝낸 극점, 한 송이 눈꽃이 피어난다

현 위의 인생

너를 만지는 것은 네 속의 숨은 소리를 찾기 위한 것, 처음엔 네 소리가 낯설어 입을 닫는다. 난 마음에 드는 소리를 얻기 위해 물집과 군살을 오고 가지만 너는 제 소리를 내보지도 못한 채 먼지를 뒤집어 쓰기도 한다. 익숙해지려면 오랜 시간을 견뎌야 하는 것.

옛날 한 노인이 있었다. 그는 태어날 때부터 장님이 었다. 그가 어렸을 때 장님 스승은 천 번째 현이 끊어지는 날, 눈을 뜨게 될지도 모른다며 처방전을 남기고 숨을 거두었다. 그는 현을 위해 노래했고 노래를 위해 현을 켰다. 마침내 현이 끊어지던 날, 처방전엔 아무것도 씌어 있지 않았다는 말을 들었다. 그는 눈먼 어린 제자에게도 백지 처방전을 남기고 마지막 노래를 불렀다.

낡은 네가 이제 나를 다시 만나려 한다. 마지막 독공을 떠나듯 나는 네 손을 잡고 있다. 네 몸이 내 몸이 된다면 네가 원하던 소리를, 내가 원하는 소리를 얻을 수 있을까.

현絃에 기대지 않고 소리의 강을 건널 수 있다면.

미롱의 꽃

발끝은 가락의 맥을 밟고
손끝은 무른 허공의 숨결을 가른다

꼭대기에서도 누르고 또 눌러야 하는
웅건한 금강역사金剛力士처럼
뭇 욕심이 빠져나간 자리에
무겁게 채워지는 무릎 아래 무심無心이
물결 되어 흘러간다

닭이 울 때까지 춤을 추던 소녀는
열아홉에 날개를 펴고 이제 망구望九가 되었다

좋은 것도 싫은 것도
빼고 빼서 멀겋게 남은 것이 좋은 춤이라며
명무 소리는 죽은 뒤에나 듣는 거라며
그녀는 돌아선다

다시는 돌아올 수 없는 시간을 만나러 가는 길

춤은 과거의 꽃빛 기억이 아니라
오늘의 빈 마음이 몸을 밀고 가는 신명
다시 새로운 몸을 만나 잎을 피워 내는
무녀의 숙명

춤은 마음이여
마음이 커야 춤이 커지는 것이여

언젠가는 하늘 아래
하얗게 피워 올려야 할
미롱媚弄의 꽃

* 미롱媚弄 : 춤의 극치에서 짓는 미소.

한 점으로 사라지는

노새도 다닐 수 없는 길

우편배달부인 그는

아흔아홉 고개를 넘어야 한다

길은 하늘에 걸려 있고

저녁 강물엔 잔광이 가라앉는다

오직 걸어야만 만날 수 있는 마을들

묘족 여인들은 수풀에 묻힌 산길을 터 주고

붉은 뺨의 노래를 불러 그를 떠나보낸다

사흘에 한 번씩은 가야 하는 길

그의 행랑에는 다랑논 같은 마음들

꼭 전해야 할 눈물이 담겨 있다

배달할 편지는 없지만 아픈 노인을 찾아간다

빈집에 신문을 꽂아 두고 오는 일도 빼먹지 않는다

물 위의 빈집이 오직 그를 기다릴 것이기에

이십여 년 동안 그가 넘은 고개는 십팔만여 개

오늘도 산을 넘고 강을 건넌다

후베이산 숲 속으로 사라지는 한 점

깃털의 집

손끝에 하얀 깃털 하나 결가부좌하듯 자리를 잡고 있다. 깃털을 높이 매달기 위해 그는 얼개의 뼈를 세운다. 한손으로 중심을 잡고 깃털의 무게를 가늠하는 그는 수십 번 걸치기와 가로지르기를 한다. 허공에 저 깃털 하나를 세우기 위해 그는 몇 번의 길을 구한 것일까. 마침내 마지막 중심의 기둥을 세우자 깃털은 홀로 고요하다. 그도 한 마리 새가 된 것인가. 잠시 깃털을 바라보던 그가 한 치의 망설임도 없이 깃털을 떼어 낸다. 진공묘유眞空妙有, 애초에 없었으니 사라지지도 않을, 깃털의 집이 순간 무너진다.

날이 갈수록

날이 갈수록 그로부터 멀어진 것이 아니었다 이젠 저녁을 맞이할 때마다 조금씩 더 가까워지고 있는지 모른다 그가 남긴 노을의 마이너 코드를 짚는다 누가 그의 목과 소리를 빚었을까 바람에 이는 금빛 물결, 저 별과 달이 그를 키웠을 것이다 그에게 빚진 줄을 이제야 알겠다 그를 따라가려면 어쩐지 혼자 가야 할 것 같은 길 바람결에 들려오는 그의 목소리 한 번이라도 뽑아내야 할 목청이 있다면 너는 너의 길을 가라, 절명의 노래처럼 그는 못다 한 호흡을 놓고 나그네로 저만치 앞서 간다 서산 넘어 작은 새여 꽃이 피고 진다

유성流星처럼 떨어지는

바다가 보이는, 푸른
이슬라네그라의 언덕에는
초록색 그의 집이 있다

풀잎을 입에 늘 물고 다니는 그는
싱그러운 메타포의 우편배달부
입에 착착 감기는 그의 노래는
여자들의 가슴을 뛰게 한다

그는 한 여자로부터 호흡을 얻었고
진정 꽃과 절망을 아는 그는
지상의 가장 큰 식탁을 꿈꾸는 시인
난 그와의 한판을 꿈꾼다

산맥은 푸른 길을 열고
바다는 붉게 타오른다

그는 사물의 심장을 파고드는 시인

한 세계에 머물지 못하는 방랑자
누가 그의 혀를 닫게 만들었는가
그의 목소리를 들을 수 없는 지금

흐르는 별빛처럼 그의 시가
하늘과 바다에 떨어진다

바람에 풀리는 우주의 소리들
천천히, 조금씩 빠르게

느티나무 경전

남북으로 삼십 미터, 너는 휘어져 부러질 듯한 팔들을 쇠말뚝에 의지한 채 하늘을 향하고 있다. 검은 머리채를 풀어 헤치듯.

바람 없는 밤, 네 아름드리 품에 들어서면 얼굴에 엉겨드는 거미줄들, 땅속 뿌리들은 꿈틀거리는 구렁이처럼 감겨들고 무성한 가지 사이로 별들이 흔들린다. 스스로 제단이 되어 보호수라는 이름을 달고 철책에 갇힌 것은 그저 오랜 시간을 버텨 왔다는 것만은 아닐 터.

너는 앞으로도 더 오래 살아 수백 년 견뎌 온 세월이 설령 벼락을 맞더라도 짝 찾아 우는 매미들과 부지런히 기어오르는 개미들마저 넉넉하게 품고, 사는 동안 마지막까지 눈부신 말씀들을 힘차게 뽑아내야 하지 않겠는가.

모과꽃 피는 날에

하마터면 너를 볼 수 없었을까
간밤에 순간 이승의 문턱을 넘을 뻔한
일이 있었으니
언제든 떠나야만 하는 줄 알면서도
오늘 살아 있음에 감사의 기도를 올린다
살아 있으니
첫사랑의 꽃잎을 스치는 것 같은
오늘이 가능한지도 몰라
네 곁에 서서 잠시라도
수줍은 속살을 훔치고 싶어지는 것이니
운이 좋아야 그것도 마주칠 일
모과꽃, 새잎 그늘 아래
꽃빛의 한 시절을 생각한다
비바람에 순간 하얀 무덤이 되어 버린
젖은 벚꽃잎들을 밟으며
어느 가을, 노랗게 빛나는 시간을
흙빛으로 넘길 순 있을지 몰라도
이렇게 햇빛이 좋은 날, 언젠가는
다시 만나지 못할 연붉은 꽃빛을 생각한다

목어로 날다

바람이 댓잎을 후려치는 날
허공에 매달려
어디로 가자는 것인지

마른 지느러미 적실
물 한 방울 없는데
한 마리 목어가 운다

적멸보궁 가는 길
아직도 벗지 못할 미망이라면
켜켜이 쌓아 올린 다비 속에도
생의 진신 사리 한 줌
거둘 수 없을 것이니

바다 아닌 하늘에라도
육탈의 뼈를 묻으라며
법당의 목탁도 함께 운다고

유폐된 금산사
목어 한 마리
하늘을 자맥질한다

새잎복음

세상의 모든 어린 잎이
묵은 몸을 밀고 나올 때
그건 복음 같은 것

가장 정결한 물과 밝은 빛을 담아
연록의 새살을 만드는 일은
진세를 건너가는 내게는
구도의 길을 전하는 말씀이다

내 생에 광휘로운 날이 올 수 있을까
비바람 맞으며 떨어지는
붉은 꽃 덩어리도 기나긴
통점의 시간들

누구라도 새벽 어둠을 견디며
반드시 맞이할 부활의 길
하나쯤 있는 것이라면

저렇게 저마다 새푸른 무늬를
단단하게 새기고 있는
눈부신 저 눈물들을 보라

원인은 알 수 없지요

엑스레이가 왼쪽 어깨를 관통했다 팔을 들어 옷을 다시 입는 것도 힘들다 다음은 혈액검사, 주사기로 피가 흘러간다 잠시 후 간호사가 부른다

표면과 이면의 곡선들, 의사는 초음파로 그림을 그려 준다 추상화처럼, 잠복해 있던 불안들이 일어서다 스틸 사진에 멈춘다 체념과 항변 사이, 정확한 진단을 해 줄 수는 있을까

아무래도 난 처음부터 전사가 아니었다 병고는 갈수록 습기처럼 달라붙을 것 호적의 생몰연대는 기록할 것이다 훗날 여기 한 가문의 징검다리가 있었다고

염증 수치가 좀 있긴 하지만 심한 관절염은 아닌 것 같네요
그런데 살 속에 있다는 석회는 왜 생긴 거죠

실은 재발하기 쉬운 내면의 염증을 앓고 있는데 나는

한때 동화 속 소년의 용기를 믿었다 몸 안에 원인 모를 돌덩이가 있다는 말, 내부도 잘 모르면서 무얼 안다는 말인가

　원인은 정확히 알 수 없지요

　시간이 약도 주고 병도 준다는 말, 난 근거없는 희망을 품고 또 다른 원인에 골몰한다 인과를 알 수 없는, 나는 나들의 나일 뿐

　새벽의 알람이 조곡이었으면 할 때가 있다

물속의 명상

목욕탕에서 반신욕을 하다 보면
졸다가 가끔 물속에 고개를 처박고
스스로 깜짝 놀라는 사람이 있다
그럴 때는 아예 눕는 것이 좋으리
조금만 지나면 이마부터 송글송글
땀방울은 살 밖으로 흐르지만
찌든 생각의 노폐물은
몸 밖으로 쉽게 나오지 않는다
탕 밖엔 번데기처럼 쫄아든
알몸의 노인들이 고스톱을 친다
뜨거운 한증막에 들어가거나
온탕과 냉탕을 분주히 드나드는 사람들도
저마다 삶의 속셈은 있으려니
태초의 나는 물속에 있었고
물 밖에 나오자마자 생의 바다에 떠나녔지
물속의 살은 천천히 부풀어 오르고
몸속의 뼈는 알맞게 말랑말랑해진다
오늘은 갑자기 탈태라도 할 듯

나비처럼 날아오를 수 있을까
한 여자의 태 속에서 이 세상을 생각도 못했듯이
허름한 목욕탕 물속에서 여전히 나는
졸고 있는 소경에 다리 풀린 앉은뱅이인데

반송盤松에 비가 내리니

간밤 비에 씻긴 것은
너만이 아니리
그토록 오랜 세월
열리지 않는 하늘의 경전을
홀로 읽어 낸 신앙처럼
푸른 뼈만 남아 있는 네 손끝에선
어느덧 투명한 물꽃이 열린다
늘 곧게 일어설 수 없었던
시간의 뒤틀린 발목들
마른 땅속에 깊이 묻고
키 낮은 허리로 좌정하고서야
마침내 이 아침 비가
둥글고도 환한 등불인 양
손끝마다 물방울 화관을 달아 준다
진달래빛 꽃촉을 수줍게 당당히 내민
산앵두나무처럼
저 흐린 하늘의 뒷장을
찰나에 열어 버린 연록의 담지자, 너는

이제서야 비로소
신의 음성을 듣는다는 것일까

그녀의 거문고

그녀는 검은 돛단배를 타고 왔다 처음에 나는 강가에
서 그녀의 소리를 들었다 소리는 물의 심연까지 겹무늬
를 만들었고 푸른 물결을 이루었다 그녀의 흰 손가락이
귓가에 속삭였다 제 손을 보세요 멍이 들었어요 그녀는
황새처럼 걷다가 바람에 돛을 달고 무산巫山에 데려가
기도 했다 구름은 비가 되고, 어느새 난 그녀의 손길에
잠이 들었다 꿈이었던가 그녀가 남기고 간 배, 그녀는
길들이기 어려운 짐승을 한 마리 두고 갔다

제3부

결속

시스템은 처음으로 돌아갈 수 있다, 새로 시작될 수
있다고 하지만 단지 그것뿐 컴퓨터의 수명이 늘어나는
것은 아니다 마우스를 클릭해 복원 명령을 내린다 고장
난 몸의 시스템들, 오류가 쌓이고 복원되지 않는다 무
엇이 치명적인 오류를 일으켰을까 인과는 그물처럼 얽
혀 있다 먹고 살기 위하여 일하고 먹이고 살리기 위하
여 일해 온 사람들 노동은 내일의 에너지를 얻기 위한
엔트로피의 시간, 총량은 변하지 않겠지만 언젠가는 방
전된 배터리처럼 암전의 날을 기다려야 한다 시간은 먼
곳에서 가까운 곳으로 오고 몸은 뜨거운 곳에서 차가운
곳으로 간다 미래의 프로토콜은 심장을 열어 접속하는
것 송신과 수신의 통로에서 만난 우리는 그렇게 힘을
다해 결속할 수밖에 없다

별의 목소리

우주비행사인 너는 지구에 있는 내게 메시지를 보낸다
네가 멀어질수록 우리 메시지의 교환 시간은 그만큼
늦어진다

너는 이제 명왕성을 지나는 중이라 했다
지구의 시간을 그대로 가져간 너는 옛날의 너이지만
지구에 남겨진 오늘의 나는 옛날의 내가 아니다

우주엔 천억 개의 은하가 있고
한 개의 은하엔 천억 개의 별이 있다 한다
마음이 가 닿을 수 있는 거리는 어디까지일까

사람이 죽으면 별이 된다는 말이 있지
네가 돌아올 때쯤은
난 별이 되어 있을지 모른다

메시지는 끊어진 지 오래이지만
마음에서 지워 내지 못한 것이 있다

한 세상을 건너야만 들려올 별의 목소리

넌 차라리 안녕을 이야기하지만
사별보다는 나을지 모를
오늘의 단절을, 나는
멀어진 시간만큼 되돌아가야 하지 않겠나

꽃나무통신 1

네게서 소식이 끊어진 후 시간도 멈춘다는 것을 알았다 시간은 멈추었는데 꽃들이 피기 시작했다 꽃이 피고 지듯 내 마음도 피고 졌다 그 사이 목련이 무너졌고 오동꽃이 시들었다 흰빛과 보랏빛 사이 하루는 꿈속에서 길을 잃기도 했다 하늘 높이 층층나무가 손에 닿지 않는 꽃을 달더니 그래도 살아 하며 이팝나무가 쌀밥 같은 꽃을 뿌리기 시작했다 심장이 터지듯 장미가 선혈을 쏟아내자 어느덧 나무들은 맹렬히 푸른 숨을 내뿜기 시작했다

나는 그제서야 꽃나무의 말을 듣기 시작했다

꽃나무통신 4

– 나팔꽃

붉은빛과 보랏빛이
단단히 결속한 채로
흰빛의 나팔을 분다
파랑에서 빨강인지 빨강에서 파랑인지
속수무책으로 번지며
이 계절에 맹렬히 노래한다
이젠 닿을 수 없는 너의 곡선처럼
바람에 흔들리는 꽃들
너와의 기억도
날이 갈수록 색을 잃어가는 일
중심은 흰빛으로 거두어
다시 새로운 흰빛을 뿜어내듯
무채無彩빛 시간으로 간다
너의 또 다른 이름은
백색의 결속

꽃나무통신 2

- 명옥헌

여길 너와 함께 왔던 적이 있었던가 난 너의 배경에서 지워진 지 오래되었으므로 누군가의 풍경이 되어 주기로 한다 여기저기 셔터를 누르는 소리 백일홍은 우리들 절연의 흔적처럼 무심히 혈흔을 뱉어 낸다 못물은 그걸 낼름 받아 바람과 구름의 붓질에 흩어 버린다 선홍과 초록의 경계, 꽃들은 여름의 끝에서 지치도록 달려왔다 그렇게 가을이 오고 있다 저마다 최신 렌즈를 장착한 카메라들은 필생의 작품을 꿈꾸는 것일까 못물에 비친 꽃그늘이 길게 흔들린다

꽃나무통신 3
- 풍암정

풍암에 여름이 가니
물빛이 푸르다

바위와 소나무는
오랜 벗처럼 의연하다
나는 벗도 없이 홀로 앉아
그들을 바라본다

둘이서 그렇게
함께 가자던 시간이 있었다
검은 목판에 흰 글씨를 새기어
푸른 제영題詠으로 걸어 두듯
그날의 약속은 어디로 갔는가

소나무와 바위가 함께 갈 시간은
어디까지 맞닿아 있을까
산수山水는 흘러가고

소나무가 푸르러 물빛이 푸른지
바위가 푸르러 소나무가 푸른지는
아직 잘 모르겠다

풍암에 가을이 오니
물빛이 시리다

꽃나무통신 5
 - 가을숲

몇 번의 계절을 지나왔는지
세어 보는 것은 이젠 관두자
이토록 무심히 물들어 스러지는
가을 숲에 와서는

그때는 왜 몰랐을까
붉고 푸른 노을을 등진 네 얼굴이
검은 그림이 될 거라는 걸

잎들은 초록을 잃고 흙빛으로 돌아간다
지금은
회귀의 시간

머지않아 갈빛 나목에 눈이 퍼붓기 시작하면
그 발등은 얼마나 시릴까, 몇 번의 계절을 더 지나야
이 정념의 잎들이 다 떨어질까

수백 년 세월의 팽나무가

나를 지그시 내려다본다

멀리 초승의 달이 뜬다

꽃나무통신 6

– 백화정百花亭

절벽에서 떨어져 죽었다는 전설처럼 너는 이미 이 세상 사람이 아닌지도 모른다. 이 무서운 단절의 날들을 견딜 수 있는 것은 무엇일까, 부소산성 백화정 천장의 연화 무늬처럼 그 몇 조각의 꽃잎 하나가 피고 지기까지 수많은 환생이 있다 하자. 후생의 나는 피지도 못하고 떨어져 버린 꽃잎의 말들을 들을 수 있을까. 가을물은 차갑게 흐르고 너와의 기억들이 풀어지는 지금, 낙엽들이 꽃잎처럼 날리는 암벽엔 뿌리를 드러낸 노송만이 푸르러 있다.

꽃나무통신 7

– 홀통 소나무

그 자리에 늘 있었을 것임에도
썰물로 바닥을 드러낸 홀통 바다
갈수록 내 마음의 심연을 알 수 없는
겨울의 끝 날, 여기에 와서 난
이제서야 너를 제대로 보고 있음을
그리운 사람 하나쯤 보내고 나서야
새롭게 알게 된 것일까
아무리 작은 시련도 아픔이었겠지
해풍이 몰아치거나 눈보라 치는 날에도
네게는 순리와 역리를 오고 가는
시간의 무늬를 저 풍경에 새겨 놓았겠지
순간의 맵찬 바람도 이기지 못해
창 안으로 몸을 피해 버리는
굴복의 부끄러움 속에 애써 눈을 감는 난
네가 왜 그리 당당히 굽어졌는지
이제서야 알겠다

매화꽃 그늘 아래

가는 봄
너는 매화꽃 그늘을
걸어 본 적이 있을까

꽃보다 더 많은 사람들이 구름처럼 모여
붉은 먼지를 일으키는 그런 곳은 말고

흰빛의 터널처럼 이어진
쌍계사 꽃길쯤 걸어가서
달빛 아래 반짝이는 네 눈의 심연을
제대로 다시 볼 수 있다면

그런 가당찮은 재회는
이제 세상 밖의 일인 것만 같아서

매화꽃 피는 달 그늘 아래
하염없이 아득해질 뿐

봄이 오면 꽃구경 가자던
너는 어디를 걷고 있을까

매화꽃 그늘 아래
꽃잎을 띄워
술을 치던 사람은

꽃무릇 피는데

여름 매미 껍질이 동백잎에 매달려 있다 귓속을 파고
들던 울음들, 백일홍도 빛을 잃었다 무릎이 아프다는
노인은 먼 발치에서 환벽당 꽃무릇을 본다

꽃무릇 앞에서 웃던 모습은 사진에 담겨 있다 꽃빛을
잃어가듯 기억도 사라져 가는 것일까 휴게소 울타리에
매달려 있던 호박을 따 왔다 그렇게 단단한 호박은 처
음이었다 아무리 단단한 것도 속이 무너지면 주저앉을
것이다 노인은 내 첫날을 봤고 나는 노인의 끝날을 지
켜봐야 한다

보이저호가 태양계의 경계선을 지나고 있다는 소식
이 들려온다

물 한 그릇

섣달 그믐

물 한 그릇 떠 놓는다

새벽에 길어 온 정화수는 아니지만

간밤 꿈자리 사나워서도

치성을 드리자는 것도 아니다

그저 맑은 물 한 모금 하시라고

소반에 올려 드린다

마음의 손을 모아 큰절 두 번

차가워진 흰 머리를 쓰다듬으며

당신의 비석 앞에서도 그랬듯

창밖에, 먼 별빛 하나

찬바람에 스며드는

섣달 그믐

구름 속 필담을

　천성이 글읽기를 좋아해 만권생애를 작정한 송은松垠
선생은 시로 화락하던 스물셋의 해남 윤씨를 사별해야
만 했으니 천생금슬이 끊어지던 무오년, 그날의 긴 탄
식은 흐르는 구름에 스며들었으리라.

　속현續絃의 낭주 최씨는 강진 칠량의 빈가라 시문과
음률을 몰랐지만 외려 그분은 마당에 고추가 비를 맞아
도 걷을 줄 모르고 책만 읽는 샌님 모시느라 마음고생
이 지난했을 터. 험한 만주살이에 여우가 길을 막고 구
렝이가 담을 넘었다는 선산 제각집에 살면서도, 밤길에
도깨비도 무서워 않는 단신강골의 여장부였다나. 일흔
을 바라보며 월출산 천황봉을 오르시던 어머니는 말씀
하셨지. 그 최씨마저 먼저 보내고, 무너진 마음의 울타
리 애써 엮었을 효령대군의 후손은 초서로 쓴 시집을
남기고 뒤따라 떠나셨으니.

　閒離俗世臥靈柩 氣滿靑山莎屋眠……

한가로이 속세를 떠나 몸을 누이고
기운 가득한 청산 잔디집에 잠을 자려네⋯⋯

한밤의 작약꽃 너머 갈대 넘실대던 바다가 달빛에 일
렁거린다. 한 문사의 해독할 수 없는 시들이 먼 하늘과
구름 속 필담을 나눈다.

비석마다 이끼꽃 핀 용일리 정포산에서.

가을의 심장

쿨럭이던 가슴은 햇살 한쪽에도
온기와 한기를 오간다
오래 앓아 어쩌지 못할 목숨은
또 다른 목숨을 붙들고
수액은 여윈 핏줄을 밀고 간다
누군들 쉬이 떠날 수 있나
우리가 서로 다른 공간에
살아야 하는 것이 운명이라면
사별을 받아들일 수 있을까
갑자기 낙엽 같을 종말일지라도
잠시 어둠 속 빛을 만지는 것처럼
여름내 무성하던 잎들도 수혈을 끊는 사이
문득 낡은 모과목 한 그루
팔랑이는 은행잎보다 더 샛노란
멀리서도 그 향내를 아득히 풍겨 주는
노란 심장을 매달고 있지 않는가
사나운 칼바람을 이겨 내고
단단해서 더 빛나는

생의 불꽃처럼

비록 예기치 못한 순간에

떨어질지라도

제4부

팽목에서

비는 눈물처럼 흐르고
더는 갈 수 없는 곳
나는 여기 울기 위해 왔다
죽음의 바다를 보며
네가 살아 올 수만 있다면
자진토록 울 수도 있으련만
속절없이 흘러가는 비구름처럼
가슴엔 비탄의 강물이 흘러간다
지상엔 푸른 등꽃이 피어나는데
너는 아무 말이 없구나
누가 너를 그렇게 데려갔는가
깊은 바다에 가두어 버린 채
누가 네 숨을 거두어 갔는가
모든 학살의 날이 그러했듯
뒤에 서 있는 검은 가면들
살아서 부끄러운 날들이여
이제 눈물은 거두어 가라
너를 위해
또 다른 너를 위해

숲 속의 추억

이렇게 향기로운 결말이 있을까
그는 티벳의 시신처럼
햇빛과 비바람에 풍장이라도 하듯
짐승들에게 살을 내주고
구더기들에게 시즙까지 보시하며
하늘을 우러러 땅으로 돌아가는 중이었다
무엇이 그를 숨어 다니게 했을까
핫바지 검경과의 최대의 술래잡기 놀이
한때 그가 횡령했다는 신도들의 헌금은
하늘의 하늘에 쌓인 것일까
그가 이름을 지었다는 세월호의
진짜 주인은 누구였을까
아무도 없는 숲 속 풀밭에서
누구나 아는 그는
이태리 럭셔리 로로피아나 옷을 입은 채
누구도 모르게 재빠르게
몸을 벗고 있었다

벚꽃 프롤로그

묵은 벚나무의 밑동에 새잎이 피어나듯
나의 봄은 그렇게 돌아왔으므로
이젠 네 옷자락을 그만 놓아줄 때가 왔을까

오래전에 죽은 시인의 사월이
해마다 죽은 땅에서 꽃을 피우듯
너는 꽃샘에 떨면서도
저리 하얗게도 피어난다

그런 게 윤회의 인연이라며
기댈 수 없는 마음의 정처를
꽃잎 한 장에라도 실어 보는 것

봄날 바다로 송두리째 흩날려 간 꽃잎들이
다시는 생령으로 돌아오지 못할지라도
그래 역설의 새잎으로 나온다고 우겨도
눈물나게 아프도록 반가울 일

모든 엔딩은 새로운 서곡을 담고 있으므로
너는 세세 한갓 꽃잎으로 돌아온다 하면
나는 내내 네 뿌리를 붙들고 있을 일이다

봉하시초

산길을 따라 오른다
이 길은 그의 마지막 길
감꽃이 손을 내민다
오월 그날도 그랬을 것이다
내려다보이는 산천은
눈이 시리도록 고왔을 것이다
가장 낮은 곳에서 늘
당당하고자 했던 사람
그는 담배 연기를 향불 삼아
봉화산 마애불이 된 것일까
해마다 연꽃은 피어나는데
미륵정토는 아직 먼 길
그의 길을 걷는다고
그를 따른다 하지 말라
사자바위를 돌아 그 바위 앞에 선다
그가 던져 버린 것은 무엇인가
가늠할 수 없는 한 인간의 진실
깨어 있어야 한다

깨어 있으라
두 눈 부릅뜬 부엉이 한 마리
한낮에도 불을 밝히고 있다

야식野食

　수몰민이라는 주인은 출타 중, 주암호 근처 빈 농가
마당에 피조개들이 까지고 도시의 창자들은 허기를 채
워 댔다 복분자에 곁들인 전복살 발렌타인 21년산도 발
랑 벗겨졌다 양주로 소독한 짭쪼름한 조갯살은 달아오
른 음담의 입술을 적시고 패설의 목구멍을 넘어갔다 쭈
꾸미를 훑던 술고래는 조개 맛있게 까먹는 법을 설파하
였다 조개 모양까지 흉내 내던 입술은 급기야 목젖을
뽑아내고, 머리부터 발끝까지 벌개진 대머리는 나는 세
상 모르고 살았노라 막춤을 휘저으며 악악댔다 새로 결
성된 조직의 결속력은 우리가 남이가, 꼬인 말로 다져
지고 타 버린 삼겹살 사이론 날름거리는 불꽃들 사내들
은 육두문자를 안주 삼아 두 장 보기 동양화에 몰두했
다 머리 위의 왕벚꽃들은 모개모개 거대한 유두처럼 발
기하고 어디선가 발정난 고양이들이 날카롭게 봄밤을
물어뜯는 야식, 몽롱한 호수엔 무진무진 안개가 피어오
르고 밤새 놀아난 뱀들의 혀는 해가 중천에 오를 때까
지 늘어져 있었다

난 황제야

영하 60℃ 태양도 없는 곳
넌 얼음 절벽에서 칼바람을 맞으며
알을 품고 지킨다

도둑갈매기들보다 더 견딜 수 없는 것은
실수로 발밑의 알을 놓치는 것
한 번 얼어 버린 알은 아무리 품어 봐도
돌아오지 않는다

입속에 알을 품는다는 천축잉어도 그랬을까
알을 품고 있는 동안
넌 아무것도 먹지 못한다
황제의 길은 멀고도 먼 길

남은 것은 암컷이 먹이를 가지고 돌아올 때까지
수컷끼리 눈보라를 견디는 일
젠장 이놈의 허들링은 언제까지 해야 하나

남극의 겨울이 끝나고 태양이 떠오를 때
새끼는 알을 깨고 나온다
너는 넉 달간 안 먹고 간직한 먹이를 새끼에게 준다

짝이 돌아오는 날
넌 소리를 지른다
난 황제야, 황제라구

하늘휴게소

수술을 마쳤다는 대장암이 웃는다
하마터면 모르고 갈 뻔했다고
병실에선 병이 흉이 아니다, 감출 수 없는
호기심과 간섭은 서로 주거니 받거니
동병은 아니지만 상련의 관계

침대 위 접이식 식탁이 놓이고
저마다 주문한 밥상이 올려진다
함께 있어도 저마다 혼자서 먹어야 하는 시간
금식을 해야 하는 당뇨는 고개를 돌린다

기침을 하던 폐렴이 입맛이 없다며 화를 낸다
식구들은 먹어야 낫는다며 언성을 높인다
얼굴 번갈아 보며 짐작해 보는 관계
핏줄은 대개 직설적으로 부딪친다

연속극도 다 끝나면 취침등이 켜진다
배를 채운 누군가는 벌써 코를 골지만

복통을 참을 수 없는 위염의 입에선
검은 말들이 흘러나온다

하늘 가는 길에도 휴게소가 있을까
노인병동은 더 이상 올라갈 곳이 없는
병원의 맨 꼭대기에 있다

호전을 보여 며칠 전 들어왔던 간암은
저녁 전에 지하 영안실로 영영 내려갔지만

독수리요새

여기는 꿈과 모험이 넘치는 땅. 너는 이제 곧 미지의 세계를 시속 85㎞로 돌진하는 롤러코스터를 타게 될 것이다. 체감속도는 바람을 맞아 보면 안다. 너는 조금 또는 많이 어지러울 수도 있다. 꼭대기까지 천천히 올라가면 급강하여 나선형으로 돌거나 거꾸로 매달려 돌진할 것이다. 그래도 떨어지지 않고, 튀어 나가지도 않는 것은 희망의 구심력과 불안의 원심력이 너를 붙들기 때문이다. 그러니 절대 안심하라. 키는 120 이상이어야 하며 노약자나 임산부, 심장질환자는 탑승할 수 없다. 혼자 탈 수만 있다면 당신은 더 심하게 재미있거나 무서울 수도 있다. 눈을 감거나 애인의 손을 꼭 잡고 마음껏 악을 써도 무방하며 참기 어려우면 울어도 괜찮다. 영원히 계속 돌린다면 너는 정말 심장이 멎어 버리겠지만 환상여행 시간은 다행히 짧다. 단 2분만 견디면 된다. 물론 돈만 다시 낸다면 언제든지 또 날 수 있다.

너는 이제 요새를 떠나는 한 마리 독수리, 자 날개를 우아하게 펴라. 건투를 빈다.

습성에 관한 생각

1
남편과 함께 수로에서 새우를 잡던 열여덟의 나즈마
아크터는
벵갈호랑이 한 마리가 나타나 남편을 물고 숲으로 끌
고 가자
손에 쥔 노로 호랑이를 죽기 살기로 때렸다
예기치 못한 공격에 놀란 호랑이는
노를 든 여자와 한동안 맞서다가
먹이를 포기한 채 밀림으로 돌아갔다

2
동물원의 호랑이 새끼 두 마리가 생후 사십 일만에
사라졌다
초산에다 공사 소음 때문이었을까
사육사가 먹이를 주러 들어갔을 때
어미의 우리엔 새끼들의 콧잔등만 남아 있었다

3
벵갈호랑이는 잡은 사냥감을
안전한 곳으로 끌고 가 먹으며
누군가 새끼에게 접근하거나
스트레스를 많이 받으면
새끼를 잡아먹는 습성이 있다

4
악어와 비단구렁이도 먹고 살았던
정글의 호랑이는 사람을 놓아주었고
새끼를 뺏기느니 차라리
새끼를 잡아먹은 놈은
인간의 우리에 갇혀 있다

작별의 무늬

한때는 요긴했거나 정들었던 살림들이
어느 날 구석에 처박혀 먼지나 먹다가
청소하는 날 느닷없이 끌려 나가듯이
십 년 넘게 키우던 청거북이 두 마리도
오늘은 결국 방생의 강으로 간다
벌써부터 목을 빼고 코를 벌름거리는 놈들
창밖에 시원한 바람을 느껴 버린 것일까
그래 너희들을 내다 버리는 것이 아니야
차라리 생존의 위태로운 자유를 만끽하렴
물가에 내려놓으니 아무런 머뭇거림도 없이
이제 처음 맞닥뜨린 미지의 물속으로
유영하며 순식간에 사라진다
작년에 놓아준 놈들도 지금쯤은
낚싯바늘에 걸리지만 않았다면
도시의 변두리 개천을 주름잡는
공포의 포식자가 되어 있을지도 모르지
오히려 쉬이 놓아 보내지 못하는 것은
나의 적당한 염려와 사육의 희미한 기억들

인사도 없이 애써 무심한 이별처럼
뜻밖에도 허망한 생의 주름진 인연들을
이제는 진정 돌아보지 않을 것이라고
속을 알 수 없는 저 불투명한 강물에
작별의 물결무늬만 잔잔하게도
남기고 있는 것이라니

흙

　한낮의 땡볕 아래 지렁이가 버둥거린다 흙 속에서 흙
을 먹듯 밥을 먹는 것도 흙을 먹는 것, 먹을 것도 흙에
서 나왔으니 흙을 먹고 흙으로 돌아간다 흙이 말하기를
이는 내 살 중의 살, 뼈 중의 뼈니 나를 먹고 기념하는
자마다 썩으리라 내 근원은 어디였나 모태는 날이 갈수
록 낡아간다 사별이란 태 자리를 잃는 것 후세는 전세
를 기억하지 않고 태초의 말씀처럼 낳고 낳아서 식물은
동물을 기르고 동물은 동물을 낳았으니 사랑도 흙을 먹
는 것 흙에 씨를 뿌리고 흙이 흙을 낳는다 세계는 흙에
서 와서 흙 속에 묻힌다 새 하늘과 새 땅을 볼 수 있을
까 먼 아이티에선 진흙쿠키도 일용할 식량, 포도주 한
방울 없는 노을의 성찬식, 강은 흐르지 않고 주린 자의
혀는 타들어 간다 사라진 것들이 다시 미래의 입으로
들어가는 채울 수 없는 허기
　지렁이는 화석이 되어 간다

휴일의 악어

항공사진을 찍는 그에게 누군가

신의 눈이라는 찬사를 보냈다

그 눈동자에 담긴 것들은

지구라는 별의 사진첩

극지의 빙하는 녹아 가고

지하수가 말라 버린 땅엔 코끼리가 쓰러진다

머지않아 죽을 에이즈 환자들은 해맑게 웃고 있고

유령의 도시 체르노빌은 눈의 적막에 잠들어 있다

목탄을 얻기 위해 숲을 파괴하는 나라도 있고

세계에서 가장 오염된 도시를 가진 나라는

철책선을 결전의 띠처럼 두르고

무수한 축생들은 구제역에 파묻힌다

사는 것이 푸른 물에 독을 쏟아 내는 일

빈곤은 풍요의 꼬리를 물고, 물리고

철창 속 늙어 가는 악어 한 마리

수면의 늪에 빠져 눈만 깜박이고 있다

극락강 미루나무

강둑의 미루나무들이

참수된 채 쓰러져 있다

연록의 어린 손가락은 펴 보지도 못하고

발목까지 잘려 나갔다

더부살이하던 까치집도 부서졌다

놀란 새들은 어디로 갔을까

망나니 전기톱은 명을 받았을 뿐이라며

몸을 숨긴 지 오래

너는 골고다 십자가처럼 쓰러져 있다

여긴 친환경 자전거도로가 깔리고

자연생태공원이 들어선다는 자리

기억의 묘비도 없을 나무 무덤들

넌, 그냥 죽어서

극락 가는 것이 좋겠다

일보일보

저 노동자는 기우뚱거리며 필사의 걸음을 걷고 있다
제 키보다 더 큰 짐을 실어 나르며
마치 일을 하기 위해 태어난 것처럼
한 치의 망설임이 없다
곁눈질 하는 법도 없다
아무리 진로를 방해해도 포기하지 않는다
층층의 낙엽 더미에서 헛디뎌 삐끗하더라도
전리품을 쉽게 놓치지 않는다
저 노동자는 분에 넘치는 보상을 바라지도 않는다
때론 일하지 않는 베짱이가 의욕을 꺾기도 하지만
갈 길이 아무리 멀어도 초심을 잃지 않는
일보일보의 전진이 있을 뿐
그를 기다리는 것은 초라한 은퇴일지도 모른다
평생 일만 하다 죽을 운명이래도
밥벌이는 신성한 것이라 여기며
잠시 바깥 구경으로 위로를 삼는다
가장 무서운 것은
걷지도 못하게 허리를 분지르는 놈들

허리가 끊어진 개미 한 마리
허공을 걷고 있다

섬세한 음악적 자의식과 미롱媚弄의 서정

유성호 문학평론가, 한양대 교수

1

신남영의 시집『물 위의 현弦』(문학들, 2015)은, 시인 자신의 경험적 구체성과 예술가적 자의식으로 가득한 한 편의 선명한 미학적 화폭이라고 할 수 있다. 그 안에는 시인의 고유한 사유와 감각이 이채로운 빛을 띠면서 깃들여 있다. 아닌 게 아니라 시인은 자신의 시가 "소리의 강을 건너/미롱媚弄의 꽃을 피워 올릴 수"(「시인의 말」) 있기를 희원하였는데, 그래서인지 그의 시는 한쪽으로는 '소리'의 예술을 향하고 있고 다른 한쪽으로는 '꽃'의 미학으로 번져 나가고 있다. '미롱媚弄'이란 춤의 극치에서 짓는 미소라고 하는데, 이렇게 소리와 미학이 결속한 결실을 두고 우리는 새로운 가인歌人/佳人의 출현을 예감해도 좋으리라. 실제로 신남영은 작곡과 연주와 노래에도 뛰어난 활동을 보여 왔으니, 그가 가지는 음악적 자의식과 미학적 성취 과정은 처음부터 동궤同軌의 것이었는지도 모른다. 다음 표제 시편부터 한번 읽어 보자.

활을 메기듯 그는 소리를 얹는다
허공에 번지는 물결 무늬

살을 울리는 팽팽한 시울이
물의 몸을 깨운다

사막을 건너온 고행의 은자隱者
그의 손에 들린 페르시아의 세타르
그는 날마다 강물을 보며 현을 켰다

모래바람에 잠긴 노래

어느 날 세타르는 물 위에 뜨고
붉은 강물엔 소리의 무지개들
그의 뼈는 갠지즈의 시타르가 된다

소리로 신을 부르는
시타르 연주자는
물의 신전을 향해 무릎을 꿇는다

다만 세타르가 시타르가 되는
멍들어 온 그 시간만큼의 연주로

- 「물 위의 현弦」 전문

　우리가 잘 알듯이, '시詩'라는 양식에 일정한 구심력을 부여해 온 것은 아마도 '음악(성)'에 관련된 형질들이었을 것이다. 문학을 오랫동안 운문과 산문으로 구획해 온 원리 역시 이러한 음악(성)의 충족 여부에 따라 이루어진 것일 터이다. 그만큼 '시'는 '소리 예술'로서의 속성을 핵심 원리로 하고 있고, 음악(성)의 적자嫡子로 우리에게 오래도록 각인되어 왔다. 신남영은 자신의 '시'가 '현弦'에서 울려 나오는 최적의 '소리'가 되기를 열망하는 시인이다. 활을 메기듯 '소리'를 얹어 그가 이루어 내는 것은 "허공에 번지는 물결 무늬"이다. 이 '소리'와 '무늬'의 동시적 출현은 차츰 물의 몸을 깨우면서 큰 파문을 그려 나간다. 이때 시인의 상상은 전혀 다른 곳으로 이동하여 "사막을 건너온 고행의 은자隱者"가 들고 온 페르시아 현악기 '세타르'를 향한다. '세타르'는 자루가 좁다랗고 길며 울림통이 작은 네 줄의 페르시아 기타다. 은자는 날마다 강물을 보면서 그 현을 켜는데, 그때 "소리의 무지개들"이 강물을 가득 물들여 간다. 이 물리적 환영(illusion) 속에서 시인은 "소리로 신을 부르는" 연주자가 되어 간다. 물의 신전을 향하면서 "멍들어 온 그 시간만큼의 연주로" 세상을 울리고 있는 것이다. 이 '탄주자=시인'의 자의식이 신남영으로 하여금 지속적으로 "너를 만지는 것은 네 속의 숨은 소리를 찾기 위한 것"(「현 위의 인생」)임을 깨닫게 하고, '소리 예술'로서의 시를 상상하고 구현하고 또 지속해 가게끔 하는 것이다.

네게서 소식이 끊어진 후 시간도 멈춘다는 것을 알았다 시간은 멈추었는데 꽃들이 피기 시작했다 꽃이 피고 지듯 내 마음도 피고 졌다 그 사이 목련이 무너졌고 오동꽃이 시들었다 흰빛과 보랏빛 사이 하루는

꿈속에서 길을 잃기도 했다 하늘 높이 층층나무가 손
에 닿지 않는 꽃을 달더니 그래도 살아 하며 이팝나무
가 쌀밥 같은 꽃을 뿌리기 시작했다 심장이 터지듯 장
미가 선혈을 쏟아내자 어느덧 나무들은 맹렬히 푸른
숨을 내뿜기 시작했다

　　나는 그제서야 꽃나무의 말을 듣기 시작했다

– 「꽃나무통신 1」 전문

　이 시편 역시 그러한 시인의 자의식이 선연하게 묻어
난다. 사랑하는 대상과의 소식이 끊기면 바로 멈추어
버리는 시간, 그 시간 사이로 꽃이 피고 지듯 마음도 피
고 진다. 그렇게 "흰빛과 보랏빛 사이"에서 시인은 길
을 잃고, 층층나무나 이팝나무도 거듭 멈추어 버린 시
간을 환기한다. 이때 비로소 시인은 심장이 터지듯 하
는 "꽃나무의 말"을 듣기 시작한다. 이 심장의 소리를
기저基底로 하는 꽃나무의 '말'이야말로 '시'와 은유적
등가를 이루는데, 아닌 게 아니라 "운다는 것은/노래하
는 심장을 향해 메시지를 보내는 일"(「저녁의 심장」)이
아니던가. 이처럼 신남영은 사랑의 에너지와 그것의 소
진 그리고 그 사이로 피고 이울어 가는 시간을 사유하
면서 '시=소리(통신)'의 등식을 하나하나 구현해 간다.

이 모든 것이 그의 시인으로서의 자의식의 산물인 셈이
고, 그 자의식의 밑바탕에는 음악(성)이 가로놓여 있는
것이다.

　물론 '시'에서의 음악(성)이란, 자연의 리듬에서 상
상되고 전이되고 유추된 것이다. 모든 자연 현상 예컨
대 낮과 밤, 밀물과 썰물, 천체나 계절의 움직임 등에서
우리는 고유한 리듬을 찾을 수 있고, 우리 몸의 맥박이
나 걸음걸이에서도 특유의 리듬을 발견할 수 있다. 리
듬은 이같이 자연 일반의 원리이고, 인간의 내적 욕구
를 반영한 결실로 나타난다면 시의 음악(성)이 될 것이
다. 그리고 이 모든 것은 우주와 몸의 복합성과 다양성
때문에 나타나는 필연적 현상이다. 결국 '시'에서 음악
(성)이란 우주 현상과 자연의 리듬을 언어의 강약, 명
암, 생멸의 물질성으로 환원한 것이라 할 수 있으니, 노
래와 탄주의 형식으로 이어지는 신남영 시편들은 그래
서 음악적 자의식으로 충일한 것이 아닐 수 없는 것이
다. 비유컨대 그는 "사물의 심장을 파고드는 시인"(「유
성流星처럼 떨어지는」)인 셈이다.

2

서정적 발화는 개별 발화로서 근본적으로 독백적인 성격의 것이다. 그래서 시인들은 가장 일차적으로는 서정적 발화를 통해 자신이 살아온 시간들을 되새기고, 나아가 그 시간에 절대치에 가까운 의미를 부여한다. 그 시간이 남긴 흔적과 무늬야말로 시인의 직접적 생의 형식이고 서정시의 가장 중요한 내질內質이 되는 것이다. 그 점에서 모든 서정시는 시인 자신의 기억에 기초한 '시간 예술'이 아닐 수 없다. 신남영 역시 자신이 살아온 오랜 시간에 대한 반성적 성찰을 통해 보편적 삶의 이법을 노래하는 서정시인이다. 물론 그의 시적 방법론은 실험 정신이나 전위적 자세와는 거리가 멀다. 오히려 그는 생성과 소멸의 반복 원리라는 충분히 낯익은 자연 질서를 따라 시를 써 간다. 이러한 원리에 의해 채택되고 현상하는 신남영의 미학은, 원천적으로 생성과 소멸의 간단없는 반복 원리에 의해 표현되는 것이다. 어쩌면 반복과 점층 역시 음악의 기본 충동 가운데 하나가 아닐 것인가. 그렇게 시인은 사물의 생성과 소멸의 원리를 따라가면서 그것을 삶의 불가피한 원리로 수용해 간다.

지상엔 벚꽃이 피었던가
새잎들이 돋아나기 시작하는 봄밤
정거장 알스트로메리아에서
우린 처음 스쳐 지나갔지

안드로메다 광장에 불꽃은 터지고
은하의 별들은 춤을 추었지
지금은 네가 가장 높이 밝아지는
눈꽃의 계절

찰나의 만남에도
생멸의 우주가 있다

새로움은 익숙함의 건너편
별들이 태어나고 사라지듯이
우린 그렇게 생을 항해한다

난 이제 네 궤도에 진입할 것이다
중심을 향해
천천히, 격렬하게

– 「접속」 전문

알스트로메리아는 새로운 만남이라는 뜻인데, 새로운 만남이란 사실 그 안에 새로운 소멸과 생성의 반복을 품고 있지 않은가. 시인 스스로도 "찰나의 만남에도 /생멸의 우주가 있다"고 노래하지 않았는가. 시인은 새 잎들이 돋아나는 봄밤에 별들이 태어나고 사라지듯이 꽃이 피어나고 사라지는 것을 바라본다. 그렇게 생을 향해하여 '나'는 '너'와 만날 것이고, 그 만남은 "중심을 향해/천천히, 격렬하게" 이루어질 것이다. 그 접속의 순간이 바로 존재론적 생성과 소멸을 거듭하는 궁극적 "회귀의 시간"(「꽃나무통신 5 - 가을숲」)이 될 것이다. 비록 "지는 꽃은 피는 잎을 만날 수 없다"(「카모마일은 어떠세요」)고 하지만, 그 사이로 태어나고 사라져가는 시간이 바로 신남영 시학이 겨누는 형이상形而上의 빛인 셈이다. 다음 시편도 그러한 전언을 담고 있는 뚜렷한 실례일 것이다.

세상의 모든 어린 잎이
묶은 몸을 밀고 나올 때
그건 복음 같은 것

가장 정결한 물과 밝은 빛을 담아
연록의 새살을 만드는 일은
진세를 건너가는 내게는
구도의 길을 전하는 말씀이다

내 생에 광휘로운 날이 올 수 있을까
비바람 맞으며 떨어지는
붉은 꽃 덩어리도 기나긴
통점의 시간들

누구라도 새벽 어둠을 견디며
반드시 맞이할 부활의 길
하나쯤 있는 것이라면

저렇게 저마다 새푸른 무늬를
단단하게 새기고 있는
눈부신 저 눈물들을 보라

-「새잎복음」 전문

　'새잎'과 '복음'의 결합이 제목을 이루고 있는 이 시
편은, "세상의 모든 어린 잎"이 묵은 몸을 밀고 나오는

것을 '복음'으로 명명한다. '복음'이란 신神의 말씀 혹
은 복된 소리라는 은유를 거느리고 있는데, 당연히 그
안에는 "가장 정결한 물과 밝은 빛"이 흐르고 있다. 그
러니 이렇게 "연록의 새살을 만드는 일"이야말로 '진세
塵世'를 넘어 "구도의 길을 전하는 말씀"과 등가를 이루
는 것이 아닌가. 이처럼 신남영은 성스러운 말씀
(Words)을 통해 "생에 광휘로운 날"이 도래할 것을 희
구해 간다. "통점의 시간"을 지나 부활의 길을 거쳐 "새
푸른 무늬를/단단하게 새기고 있는/눈부신 저 눈물들"
을 노래하고자 하는 것이다. 따라서 이 작품은 종교적
상상력으로 생성과 소멸의 원리를 감싸안으면서 가장
신성한 기억을 부조浮彫한 명편이다. 이때 시인은 "비로
소/신의 음성을 듣는"(「반송盤松에 비가 내리니」) 것일
터이다. 이처럼 우주적 사물에서 신성한 소리를 듣던
시인은, 이제 수많은 자연 사물에 대한 심미적 발견에
공을 들인다. 물론 자연 사물을 접하는 그의 방식은 여
전히 '소리'라는 감각을 통해 나타난다.

비 오는 봄밤
장성 오두막에서
매화차를 마신다

꽃잎을 우려낸 봄은
고요히 흘러가고

사라진 꽃을 찾아 뒤늦게
탐매행에 모인 사람들
꽃은 지고 없는데
봄비에 돋아난 새잎들 천지

옛사람도 이런 꽃 시절엔
거문고 둘러메고 길을 떠났겠지
필연의 조우에 반갑게 손을 내밀던
사람,
그는 전생의 지음인지도 모른다

창밖엔 산목련이 흰 불을 밝히고
둘러앉은 사람들 가슴엔
피어나는 물빛 매화마름

만개한 지난 시절을 추념하듯
시를 짓는 여인은 시를 읽고

- 「매화음梅花吟」 전문

이 시편에는 매우 구체적인 시공간으로서 '장성' 오두막의 비 오는 '봄밤'이 제시되었다. 사라진 꽃을 찾으려고 '탐매행探梅行'에 모인 사람들은 "봄비에 돋아난 새잎들 천지"를 바라본다. 이런 꽃시절에 '거문고' 메고 길 떠났을 옛사람을 생각하면서 시인은 그 사람이 "전생의 지음"이 아니었을까 상상해 본다. 마음이 서로 통하는 친한 벗인 '지음知音'이라는 단어에는 '소리'를 알아보아 준 사람이라는 뜻이 담겨 있지 않은가. 이때 사람들 가슴마다 피어나는 물빛 매화마름이 지난 시절을 환기하는 순간과 시를 짓고 읽는 순간이 겹쳐지면서 '매화음'이 완성되어 간다. "저마다의 시간이 있을 뿐"(「나무가 나무에게」)인 자연 사물은 여기서 독자적인 소리를 내지르면서 "진공묘유眞空妙有, 애초에 없었으니 사라지지도 않을"(「깃털의 집」) 섬세한 감각을 시 안쪽으로 불어넣고 있다. 그렇게 신남영은 사물들의 원초적인 '소리'를 통해, 그리고 그 사이에서 일고 무너지는 간단없는 생성과 소멸의 원리를 통해, 가장 격렬한 존재론적 접속을 수행하고 가장 신성한 음성을 듣고 있는 것이다. 시인으로서 그가 견지하고 누리는 품과 격은 이러한 기운 속에 담겨 있다. 그것이 바로 그만의 '음

詩'이자 '음악'일 것이다.

3

또한 신남영 시인은 우리 사회를 둘러싸고 있는 외곽이나 주변을 따뜻하게 돌아보는 시인이다. 물론 모든 서정시는 자기 기원(origin)에 대한 기억과 고백 그리고 동질적 자기 확인의 과정을 중심적인 창작 동기로 삼는다. 비록 그것이 사회적 발언을 취하고 있다고 하더라도, 서정시의 근원적 존재 방식은 궁극적으로 자기 귀환을 욕망하는 데 있기 때문이다. 따라서 서정시의 저류底流에는 시인 자신이 오래도록 겪은 절실한 경험과 기억의 층이 녹아 있게 마련이다. 하지만 시적 대상이 일종의 공공성을 견지함으로써 사회적 확산을 가져오는 경우도 있을 것이다. 물론 이러한 확산은 타자를 포괄하면서도 동시에 다시 자기 자신으로 귀환해 오는 과정을 포괄하는 것을 말한다. 그 점에서 신남영 시편은, 구체적 삶의 맥락을 통해 서정시가 가지는 타자 지향의 원심력과 자기 회귀의 구심력을 동시에 보여 주는 실례라고 할 수 있을 것이다.

노새도 다닐 수 없는 길

우편배달부인 그는

아흔아홉 고개를 넘어야 한다

길은 하늘에 걸려 있고

저녁 강물엔 잔광이 가라앉는다

오직 걸어야만 만날 수 있는 마을들

묘족 여인들은 수풀에 묻힌 산길을 터 주고

붉은 뺨의 노래를 불러 그를 떠나보낸다

사흘에 한 번씩은 가야 하는 길

그의 행랑에는 다랑논 같은 마음들

꼭 전해야 할 눈물이 담겨 있다

배달할 편지는 없지만 아픈 노인을 찾아간다

빈집에 신문을 꽂아 두고 오는 일도 빼먹지 않는다

물 위의 빈집이 오직 그를 기다릴 것이기에

이십여 년 동안 그가 넘은 고개는 십팔만여 개

오늘도 산을 넘고 강을 건넌다

후베이산 숲 속으로 사라지는 한 점

– 「한 점으로 사라지는」 전문

이 시편에서는 노새조차 다닐 수 없는 좁은 길을 걸어서 사흘에 한 번씩 우편을 배달하는 한 사람을 등장시킨다. 아흔아홉 고개를 넘어야 하는 그 길은 마치 하늘에 걸려 있는 듯하다. 흡사 다른 시편에서 시인이 노래한 "하늘은 불립문자로 펼쳐지고/살을 저미는 바람은 갈 길을 잃은/내 안에도 소용돌이치며 유목의 길을

만든다"(「청장고원靑藏高原」)는 표현이 사실적 삽화로
몸을 바꾼 듯하다. 어쨌든 흐릿한 잔광殘光을 배후에 두
른 채 "꼭 전해야 할 눈물"을 배달하는 그 길은, 걸어야
만 서로 만날 수 있는 마음을 은유하면서, "붉은 뺨의
노래"를 불러 주는 이들의 마음을 선명하게 부가해 준
다. 이때 그가 만나고 오는 "아픈 노인/물 위의 빈집"
형상이야말로 그가 오랫동안 길을 걸어가 닿은 진정한
타자들이 아닐 것인가. 그렇게 "후베이산 숲 속으로 사
라지는 한 점"은 가장 아름다운 존재론적 소실점으로
우리에게 다가온다. 그리고 그의 가파른 노동이야말로
"오늘의 빈 마음이 몸을 밀고 가는 신명"(「미롱의 꽃」)
이 아닐 수 없을 것이다.

> 비는 눈물처럼 흐르고
>
> 더는 갈 수 없는 곳
>
> 나는 여기 울기 위해 왔다
>
> 죽음의 바다를 보며
>
> 네가 살아 올 수만 있다면
>
> 자진토록 울 수도 있으련만
>
> 속절없이 흘러가는 비구름처럼
>
> 가슴엔 비탄의 강물이 흘러간다

지상엔 푸른 등꽃이 피어나는데

너는 아무 말이 없구나

누가 너를 그렇게 데려갔는가

깊은 바다에 가두어 버린 채

누가 네 숨을 거두어 갔는가

모든 학살의 날이 그러했듯

뒤에 서 있는 검은 가면들

살아서 부끄러운 날들이여

이제 눈물은 거두어 가라

너를 위해

또 다른 너를 위해

– 「팽목에서」 전문

    시인은 최근 우리 사회를 뜨겁게 출렁이게 했던 비극적 사건에 대하여 고유한 애도의 손길을 내민다. 물론 그 애도의 실현은 '기억'이라는 방법론에 깊이 의존하고 있다. 지극한 '눈물'로 와 닿은 "죽음의 바다"는 "네가 살아 올 수만 있다면"이라는 속절없는 절규로만 아득하게 펼쳐져 있다. 이때 시인은 "모든 학살의 날"과 "뒤에 서 있는 검은 가면들"을 떠올린다. 살아서 부끄러운 날들이 그 '눈물'을 거두어 가기를 바라고, "또 다른 너를 위해" 살아가야 할 날들을 다짐한다. 그렇게 시인은 공동체적 기억을 수행하면서 한 시대의 비극에 동참한다. 사실 공동체적 기억이란 부드럽고 아늑하기보다는 대개 까끌하고 불편한 적이 훨씬 많다. 그리고 그 안에는 지난 시간에 대한 혹독한 반성적 요소가 뒤따른다. 이때 시적 기억은 과거 시간을 재현하게 하는 근원적 힘으로 등장할 수 있다. 이는 현재를 기억과 예기(prophecy) 사이의 긴장으로 파악한 랭거(S. Langer)의 견해와도 적극 상통한다. 신남영 시편은 이처럼 "꼭 전해야 할 눈물"을 배달하는 이의 뒷모습과, 비극으로 점철된 한 시대의 "눈물"을 동시에 안아 들이면서, 자신의 목소리가, 자신의 음악이, 세상의 작고 아득한 이들의 삶에 퍼져 가기를 속 깊이 기원한다. 신남영 시학의 빛나는 부분이 앞으로 이렇게 펼쳐져 갈 것을 예감해 본다.

4

지금까지 우리가 읽어 온 것처럼, 신남영 시편은 자신만의 음악적 자의식과 미롱의 서정을 깊이 있게 담고 있다. 명료한 분별과 이성적 경계를 하나하나 지우면서 그 나머지는 여백으로 남기는 방법론을 통해, 그는 자신의 사유를 응집하면서 세계내적 존재로서 가지는 복합적 삶의 마디들을 형상화해 간다. 그 점에서 우리는, 신남영이 기억의 심층을 탐구하고 노래하는 서정시의 역할을 극점에서 수행하고 있다는 사실을 다시 한 번 깊이 떠올려 본다.

물론 서정시는 창작 주체의 나르시시즘이 근본적 동기로 작용한다. 하지만 그것이 타자를 포괄하고 타자의 삶에 충격을 주지 못하는 한, 그것은 거울로 이루어진 방 안에 갇힌 것처럼 무한 반사운동을 하는 것에 불과할 따름일 것이다. 따라서 타자의 삶에 대한 따뜻하고도 지속적인 관심 그리고 그것을 공동체 차원에서 사유하고 실천하는 것은 좋은 서정시의 심층적 동기가 되어 갈 것이다. 여기서 우리는 신남영의 다음 시집이, 이러한 기율에 의해 더 아름답게 구축되기를 기대해 볼 수 있을 것이다. 그가 전해 오는 섬세한 음악적 자의식과 미롱媚弄의 서정이 그러한 가능성을 충분히 뒷받침하고 있지 않은가.

신남영

전남 해남에서 태어나 2013년 계간 『문학들』 시부문 신인상을 수상하면서 작품 활동
을 시작했으며 시를 노래한 「신남영 4집」을 출반했다.

e-mail｜woodway@naver.com

문학들 시선 034
물 위의 현

초판1쇄 찍은 날 ｜ 2015년 11월 17일
초판1쇄 펴낸 날 ｜ 2015년 11월 30일

지은이 ｜ 신남영
펴낸이 ｜ 송광룡
펴낸곳 ｜ 문학들
등록 ｜ 2005년 8월 24일 제2005 1-2호
주소 ｜ 61489 광주광역시 동구 천변우로 487(학동)2층
전화 ｜ 062-651-6968
팩스 ｜ 062-651-9690
전자우편 ｜ munhakdle@hanmail.net

ⓒ 신남영 2015
ISBN 979-11-86530-11-5   03810